흐린 날의 고흐

反詩시인선 010

흐린 날의 고흐

차회분 시집

시와반시

| 차 례 |

1부 난청지대

10   허공이라는 섬

12   주목이 되어

14   붐비다

16   TV 속으로

18   흐린 날의 고흐

20   겨울나무

22   고집의 무게

24   가위질

26   고요와 고요사이가 비리다

28   나비

30   달 브로찌

32   난청지대

34   마네킹의 사랑

36   침산동, 여름

38   황매산 철쭉

40   쌈밥집

42   꼭지

44   안개꽃 무덤

2부 오후의 여자

46   채정산 솟대

48   강물

50   경계에 서다

51   겨울 호수

53   방황

55   겨울 안개

56   저무는 샛강

58   끝물

60   나비고무신

62 말리꽃

64 봄의 1악장

65 오후의 여자

66 꽃등 켜는 여자

68 도둑의 말

70 산수유마을에 별이 내린다

72 전갈의 집

74 꽃의 무게가 움푹하다

3부 벚꽃 엔딩

76 나비 목걸이

78 남도다방

79 노을

80 늦은 조문

82 개똥철학

84 매미

85 목련꽃

86 바람풍선

88 벚꽃 엔딩

90 봄

91 비슬산, 참꽃

92 아지랑이

93 어부 박씨의 청춘가

95 의자가 의자에게

96 장례식

98 달빛 바이러스

100 지하로 뜨는 별

102 분실물 보관소

104 유월의 숲

105 죽음도 질주다

107 비 오는 날, 찻집

108 라일락

110 해설 공존의 미학, 그 연결과 상생 | 이덕주

| 1부 |

난청지대

허공이라는 섬

허공을 향하는 일이 저 초록 물살이거나
까마귀 말이거나
대나무 쭉 뻗은 고집불통이거나
아니거나

허공의 무게로
그 다음의 무게로
안개와 비와 우박과 눈발이 우지끈
그 섬에 닿는 길
중심이 중심을 잃어버릴 때
간혹 흐느낀다

한 쪽이 한쪽을 찾아가는 우주 어느 한 켠
보이는 얼굴로 보이지 않는 얼굴로
무딘 발걸음이거나 적막한 저녁이거나
자작나무숲이거나 말간바람이거나

허공에 발길질하며

아아, 가슴 저미는 고요

한 쪽이 한 쪽을 지우는 일이 이렇게 컴컴할까

울음의 끝, 그 섬에 닿는 길

주목이 되어

당신을 기다리는 시간
당신을 기다리지 않기로 했어요

목청이 큰 나무 진초록성대는
어느 날 목소리를 잃어버리지요
바람의 방향으로
천년을 오롯이 한 곳에 뿌리박고
소금알갱이 같은 별만 헤는데

말 못하는 흰 달이
말 못하는 바다를 굽어보는 시간

당신을 기다리는 시간이
흐르는 은하수와 이리저리 몸을 섞어요

직구만 던지던 투수처럼
멈출 때를 놓친 신호등처럼

당신을 기다리는 시간
당신을 기다리지 않기로 했어요

붐비다

　바다의 껍데기, 등짝을 긁어대던 바람이 마르고 닳아버린 저녁이다 고요의 살갗을 버리고 생각의 꼬리를 버리고 기억의 중심을 버리는 일, 오로지 대가리만 남았다 귀 기울여 듣지 않은 말, 듣지 못했던 말, 버릴 것 없는 말들 다 버리고 남은 텅 빈 대가리가 탁자에 앉는다

　손님 대가리는 어느 정도 튀겨드려요?
　묻는 주인여자

　대가리 속, 젓가락으로 후빈다　마지막 남은 살점을 노리는 젓가락 끝, 후비고 후비는 저 손가락 사이로 바다의 무게가 실린다 찬찬히 드러나는 바다의 속살, 한번 울면 하루 종일 울던 바다가 대가리를 처박고 운다 바다의 속살은 붉구나 오장육부 버리는 일이야 대수롭지 않다는 듯 소주잔을 기울이는 손가락과 후비고 후벼낼수록 겹겹이 쌓이는

저녁과 또 한 대가리가 기다리는 새벽을 두리번거리는 주름진 눈빛

　대구대가리식당에서 대가리 꼿꼿이 세우는 일이라는 게 상당 죄스러운 일이라도 되는 듯 네온도 한눈 감고 껌벅이는 대구대가리식당, 오늘도 붐빈다

TV 속으로

제 방에 들어와서
또 다른 방으로 가고 싶은 말
자꾸 나를 따라 나서는 말

지붕의 말, 개똥벌레의 말, 바람의 말, 검은 봉지
의 말
제 발 저린 도둑의 말

방문이 열릴 때마다 얼토당토않은 말
먼지처럼 쏟아진다
말의 본거지가 여기구나

말없음이 말인 바다의 창문은
먹장구름으로 철썩거리고
근거 없이 휘몰아치다가 토했던 말들
화면 속으로 발 뻗는다

재래식 변기에 걸터앉은 말

문틈에 낀 고양이의 말

꼬리에 꼬리를 물고 당신의 말이 부푼다

광화문 네거리까지 부풀어 오른다

흐린 날의 고흐

낯설다, 푸르다, 핀다, 진다, 흐느낀다, 웃는다,
바보, 천재

왼손으로 팔꿈치를 툭 쳐 본다
너에게 해야 할 말이
두부에서 짜낸 물감처럼 흘러내린다
질주하던 말은 아직 정착지를 찾지 못 하고,
더 이상 가변도로를 찾을 수 없는 사랑은
브레이크를 놓아버린 채 허공에 걸린다

고요는 거추장스러운 장애

울컥
토해져버린 물감들로 고요했던 풍경들이 갈래갈
래 찢어진다
성한데 하나 없는 사람들의 아우성이 하늘에 걸
리고

쩍, 쩍
서로의 몸에서 흘러내린 진액이 엉긴 채로
풀어질 시간을 기다린다

하늘과 땅 사이
분열의 밀밭 위를 까마귀떼 날고 있다

겨울나무

순한 뿌리를 가진 말들이 숨찬 발가락으로 날아
오른다

땅의 기운은 지상의 바람과 내통했고 뼈대만 남
은 오래된 생각은 아직도 꼼지락거리는 발가락으
로 숨이 차다 차고 시린 언어들은 하늘로 올라 비
가 되고 눈이 되고 그믐이 되었을까 도무지 캄캄하
고 어눌해서 들을 수 없는 귀,

조용히 나누는 수화의 그림자가 박힌 허공에 눈
이 내린다 눈 내린 허공에 아홉을 세고 열을 세지
못한 까마귀의 날개 짓에 흐드러지는 꽃잎들, 등은
시리고 생각은 야위어 하나의 머리로는 천개의 발
가락을 헤아릴 수 없었나보다 순산하지 못한 배를
안고 발톱을 숨긴 한 마리의 짐승

얼기설기 솟은 제 몸을 비틀어 모종의 신호를 보
내지만

오롯이 돌아보는 허공으로 눈발만 날린다

고집의 무게

고성 앞 바닷가의 층리는 선 채 쭈그러지고 절리는 누워서 쭈그러져 이리저리 각을 세운지 오래다 굴절되면서 쭈그러지는 각, 쭈그러진 각도에 따라서 바람의 무게와 방향을 읽는다 고집스러웠던 억만년이 한 방향으로 쭈그러져 파도를 맞는다

사람과 사람사이가 쭈그러진다

주름이 생겨 골짜기를 만드는 일, 헝클어진 숲에서 길을 잃어버리는 일

나는 개불알꽃 앞에 쭈그리고 앉아 이편도 저 편도 아닌 채 야구를 본다 첫 타석에서 홈런을 치고 두 번째 타석에서 삼진을 먹은 선수의 얼굴이 화면 가득 쭈그러진다

자작나무 숲속으로 걸어가는 딸기나무덩쿨손에 잡힌 얼굴 흰 아침의 안부를 거두는 자리, 머리가 긴 순희는 계산성당 앞에서 쭈그러지고 멈출 때를

놓친 너는 신호등 앞에서 쭈그러지고 각과 각으로
만들어진 네모 속, 환호하는 관중들 앞에서 개불알
꽃은 한 번 더 쭈그러진다

가위질

입이 다녀갔어요
입의 길은 가늘고 길어요
아무리 잘라도 잘리지 않는
허공의 먼빛 같아요

하마의 입속으로
어제의 사과를 던져보세요
산산 조각 난 그늘의 그림자가
박태기나무 분홍처럼 휘청거리는 걸 봐요

말을 중간에서 잘랐다고 탁자끼리 싸우는 저녁
인가 봐요

아무도 하락하지 않은 어떤 물음이
울음조각으로 마름질 되는 걸 봐요

싹둑싹둑 당신의 저녁으로

입이 지나가는 중이네요
저, 입술 날카로운 것 좀 봐

고요와 고요사이가 비리다

거꾸로 몸 박힌 하늘이 초록이다
제 멱살 꺾어 콕콕 찍어대는 청둥오리 발길질도
초록이다
감당하기 어려운 고요가 자맥질 하는 동안 초록
은 감당 할 수 있는 만큼만 발 뻗는 오후의 늪

허공에서 뿌리내린 수초와 물방개의 발길질, 태
초의 바람을 더듬는 손길이 수 없이 드나들었을 초
록의 사이사이가 푸른 비단 펼치고 걸었을 시간의
굴레가 황막한지
간간히 몸 베인 고요가 수척한 그림자를 내 세운
다
선 채로 말라버린 이름 모를 풀이 꼿꼿한 건 말
라가기전 온몸으로 바람을 막았을 몸짓,

백년을 갇히고 천년을 가둔 물살위로 고요가 걸
어간다 아무도 묻지 않은 쓸쓸함을 탯줄처럼 감은

채 거꾸로 몸 박힌 하늘,
　　그녀가 다녀가고 그녀의 그녀가 발길을 멈춘, 부
력과 중력의 힘으로 견뎠을 시간들이 넓고 깊은 치
마로 보쌈 된 우포늪으로 푸른 낮달이 뜬다

　　고요에 쐐기를 박고 싶은 오후 세시다

나비

　-루게릭을 앓는 남자

햇살 속으로 불러들였던 시간들이 달팽이 목처럼 축축하다고 생각한 순간

심장 한쪽 자물쇠 푸는 소리 삐걱거렸다

삐걱이는 계단 안, 열린 문틈으로 몸 말고 올려다보는 남자의 시선,

시선이 멈추는 곳에서 안을 들여다보는 일이란 게 그 남자의 내면인 것만 같아서

한여름을 감아올리던 나팔꽃 푸른 멍울 같아서

머리를 깎으러 갔던 미용실 언니 덜거덕 거리는 가위에 가위 눌린 듯

듬성듬성 머리털 잘라대며 몇 살이냐고 그냥 물어만 봤다고

용케도 사십이라고 말하는 남자, 파편처럼 잘려나간 시간들이 방바닥에 흩어지고

흩어진 파편들 나비처럼 계단으로 날아가는데

계단아래, 층층계단아래

하늘을 들여놓고 싶은 낮은 창문으로

　고목의 뿌리처럼 앉아 있는 남자가 있다

　한줌의 햇살마저 계단을 내려서다 휑하니 돌아
서는 두어 평의 방안에

　시간 밖으로 시간을 집어 던지며

　진공 팩 속에 납작 엎드려 어둠을 간식처럼 질겅
거리는 남자!

　퍼덕이는 나비의 날개 짓만 창문의 햇살 속에서
잠시 파닥이고 있었는데

　어느 한때의 이력을 더듬듯 시간을 물고 오는 바
람 속에

　남자의 몸이 잠깐 부풀어 오르다 갇힌다

달 브로찌

겨자색 쉐타 왼 가슴에
달 달고 외출하는 여자
달빛가루 흩날리며 버스를 기다려요
비비적거리며 버스가 와요 버스가 달을 삼켜요
그믐의 여자와 보름달 여자로 버스가 만원이네요
부풀어 오르다가 사그러지는 이야기가 출발부터
덜컹거려요

오늘은 무더기무더기 그녀의 입심에 발목잡혀볼
까요
발목 잡히고 싶은 몸 안달 나는지 비비적거리는
바깥풍경
물때를 만난 듯, 아 저 초록의 검은 나무들
쌩쌩 토라진 척 내쳐 달리기라도 하나요?
틈틈이 복습했던
묵직하게 뱉어 내는 한 마디

환승입니다

덜컹 달을 토하는 버스
다시 갈아타야 하는 버스를 기다리는 손짓이 여
물 때까지
당신의 가슴은 아직은 만월 인가요

난청지대

　너는 쭈그러진 말,
　서걱이던 춤 이었던가 섣달그믐 이었던가
　차고 넘치던 말
　말의 냄새는 분홍이여서 멀미가 났고 자주 비상
하지만 또 추락하는 일

　내 귀는 자주 역광이었고
　네 목소리는 컴컴해서 숨이 찼어
　말의 말씀이 존재와 부재를 나누는 동안
　나의 중심은 흔들려 어느새 바닥을 드러낼 때도
있지
　더 이상 참을 수 없다는 듯 모자를 벗어 버릴 때
절뚝거리던 표정

　점점 너의 표정을 살피는 일에 익숙해지는 일은
어쩌면 당연했는지도 몰라

볼모처럼 멱살을 잡혀서 귀 떨어진 찻잔처럼 주
절이는 일
  말의 본심은 자주 어긋나기 마련이었지
  알은 체 못하고 머뭇거리던 입술
  나의 역광은 차라리 다행이었는지도 몰라

  나는 오늘도 온전치 못한 슬픔으로 너의 등에 대
고 낙서를 한다
  늘 한 쪽이 시려웠다고
  다섯 손가락 부벼대며 달그락거리며
  온종일 그림을 그리 듯 일기를 쓰 듯

마네킹의 사랑

지문인식센서가 인식한 빛줄기
숨바꼭질 하듯 당신의
가슴과 겨드랑이 사타구니를 옮겨 다닌다

거울 속으로 걸어들어 온 당신 심장은
표류 중이었고
나의 진심은 늘 거울 밖을 순례 중이다

오늘도 당신은 고개를 치켜들고 넥타이를 매고
머리를 빗었다
캄캄하게 꽃이 피었고 환하게 꽃이 졌을 뿐이라고
모자를 쓰고 내미는 목

깔깔거리며
거울이 깨어졌다

당신의 등짝으로 조각 난 길,

팔과 다리 몸통이 분해되는 아픔쯤이야

반짝이는 어둠사이로 손을 뻗는 출구 앞에서

차고 단단한 고요가

옷을 벗는다

침산동, 여름

원대오거리 지나면 노원네거리

습한 쇠 냄새에 시동을 거는 김씨, 중지가 없다

열아홉 때도 벗기 전에 중지를 잃어버린 손가락

이 개미식당을 지나 서울분식,

세븐패밀리마트 동호금속, 네거리당구장을 따라

더위에 흔들리다가

오후 세 시를 지나는 신호등 앞에 멈춘다

브레이크를 잡은 발가락이 주책없이 흔들린다고

중얼거리는 김씨

그래

주책없이 흔들리는 것들!

해맞이노래방에서 해를 기다리던 사람들로 북적

이던 지난밤이 게워지는 공단 길

무성한 더위에 몸 맡겼던 한 나절이 저물면

빠금빠금 불 켜 든 그늘아래

꼼장어에 기우는 참소주가 참으로 맵다

주책없이 맵다

황매산 철쭉

붉다.

아우성 아우성이 토악질 되어 흥건한 저것!
허공을 향해 내미는 손이 붉다
하늘거리는 손잡아 주는 바람도 차마 붉다

오래 머물 생각은 애초에 없었다
서로가 서로에게 무더기 무더기로 안겨진
어느 봄날의 어수선한 관계였거나
입덧처럼 멀미를 하던 첫사랑의 기억 같은 거

차라리 한바탕 몸부림이나 쳐 보는 걸 테지
사랑도 병이라고 한번 드러누워 보는 걸 테지
눈물도 없는 하늘에다 통째로 삿대질 한번 해 보
는 걸 테지
보고 놀라고 놀래라 온 몸으로 열꽃 피워 보는
걸 테지

흔들리고 흔들리다 등 돌리고 마는 날은 잊은 듯
한번은 그러고 싶었던 것처럼
황매산 등짝에 봇물 터놓고 울부짖는 봄의 낯짝

쌈밥집

있지요

쌈밥집에 가서 쌈밥을 먹어보면

참으로 분답다는 생각이 들어요

오른손과 왼손이 분담해야하는 절차에서부터

고기 된장 고추 마늘 콕콕 찍어대는 젓가락

최대한 입을 벌리자니 남사스럽다 싶어 눈을 질
끈 감아야 하는 것까지

그리고는 억세게 씹어 돌려 꾹 삼키자니 뜻하지
않은 설움이 돌출 되었는지

눈물까지 고이더만요

어찌 보면 경건스럽다 싶다가도

또 어찌 보면 그 모양이

주섬주섬 옷가지 챙겨 방문 밖으로 팽하니 뛰쳐
나가는 새댁의

너펄거리는 치맛자락 같아서 한바탕 일 치루고
난 뒤처럼 멍해지지요

둘레둘레 평탄치 못하다 싶은 날은

쌈밥집에 가서 쌈밥을 드셔보세요

구름처럼 터트리고 싶잖은 비밀 꾸역꾸역 보쌈
해서

목구멍으로 쑤셔 박는 일

치매라도 걸리면 풀어헤쳐질 두려움 하나쯤은
통째로 보쌈 되어 삭혀질 일

이도저도 모르겠다 주섬주섬 옷가지 챙겨 뛰쳐
나가던 새댁 치맛자락에 매달린

애석한 적막에 목이 콱 막히는 일

입 크게 뜨고 실눈 뜨고 바라보는 세상 한 컨

아무것도 아닌 것들의 풍경이 꿀꺽 삼켜지는 일

꼭지

꼭지는 어둠을 빛으로 알고 산지 오래, 밤에는 일하고 낮에는 잠을 잔다 잠 안 오는 낮에 일기를 쓴다 우리 엄마 소경이라서 다행이라고 쓰고 우리 엄마 귀가 먹어 퍽 다행이라고 쓴다 잠 안 오는 낮에 검은 강물에 별을 그려 넣고 별에서 분 냄새가 난다 쓴다 잠 안 오는 낮에 물고기 한 마리 뽀로롱 거품을 쏟아내는 그림 옆에 소경인 제 어미 그려놓고 천길 만길 떨어지는 가슴팍이라고 쓴다 잠 안 오는 낮에 사는 일이란 게 밑도 끝도 없는 그리움에다 소금 쳐 대는 일이라고 쓴다 잠 안 오는 낮에 늙스레한 웃음 질질 끌고 다니다 길모퉁이 어느 언저리 술 취한 갈쿠리 같은 손을 가진 저놈의 어둠에 밥 말아 먹고 밥 말아 먹은 지 오래다 라고 쓴다 잠 안 오는 낮에 엎어버리고 싶었지만 엎어버릴 수 없는 어둠에 대해 쓴다 억장 무너진다고 쓴다 무너지는 억장에 대해 쓴다

귀머거리 어미와 꼭지는 산다 밤에는 일 하고
낮에는 잔다 잠 안 오는 낮에 일기를 쓴다 저놈의
어둠의 머리카락 한줌이 스르륵 풀어져 내린다고
갈쿠리 같은 손으로 일기를 쓴다

안개꽃 무덤

여자를 데리고 왔다
입이 없는 여자
거품처럼 부풀어 선이 없는 여자
하루 종일 벽이 되었다가 말라가는 여자

남편을 잃고 사십년,
여자는 마른 풀처럼 퍼석였다
불법투기처럼 던져진 처절한 희망은 늙어갔고
벽에 기대어 벽지처럼 얇아지는 눈물

아들을 버리라고 했더니
아들을 버린 여자

여자는 꽃잎 따는 일에 열중 했고
꽃잎처럼 떨어진 열여덟에 집중했다

이제는 아무도 이해하지 않으려고 발버둥인
남이 된 여자를 벽에 걸었다

| 2부 |

오후의 여자

채정산 솟대

할머니의 울음을 본 적이 있다
골담초나무 뼈를 썰어내는 듯
둥글게 몸 말아가며 토해내던 저녁연기 빛

에미 먼저 간 나쁜 놈,
엉엉 울던 나를 모질게 후려치던 눈빛이 빤한데
할머니는 집 뒤란, 골담초나무 아래에서
꺼억꺼억 소리를 삼키고 있었던 게다

울음은 우물처럼 깊었고 컴컴했다
두레박을 내리는 일도
두레박을 끌어올리는 일도
할머니에게는 목숨 같았던 ...

채정산 마당에 우뚝 솟은 솟대 본다
누가 매 달았을까
저 장대 끝 주름진 소리,

하늘과 땅의 경계에 발목 잡혀 날지 못하는 새,

지상의 소리 끌어올려
깃발처럼 펄럭여 보지만
아직도 허물지 못한 삶과 죽음 그 아득한 끝,

강물

뜨거운 몸부림이었다
한 번 뒤엎어 보고 싶은 성냄에
강물은 출렁
가슴을 내 보이기도 했다
버려야한다
아니 버린 것들을 건져야 한다
여름날 빛들이 쪼아대는 등살에 강물은 또 출렁
한다
뜨거운 강 숲도 일어서다 앉는다
어디로 가냐고
바람이 강물을 막아선다
버려야 할 욕심들이 모래로 걸려진다
자꾸 거슬러 보고 싶은 충동
그때마다 엎어져 내리는 물살로 강물은 뒤 틀린다
어디에서 그만 두어야 할지
어디에서 돌아 나와야 할지
강물은 모른다

마른 바람이 휘감기는 저녁에도

강물은 제 몸을 한 번 엎어보기만 할 뿐

경계에 서다

거문고소리 솟구치는 소학산만데이가 붉게 젖었다

쟁기가 갈아엎은 머굴밭을 지나 서레가 밀고 간
웃게문논을 지나
부엌아궁이 굴뚝을 지나 산비탈을 기어오르는
뜨겁고 질긴 함성이 마지막 경계를 넘으려나

막바지 아버지의 숨질은
누군가 떠메어 가는 한 생의 곡예다

옮겨 적지 못한 자서전의 흘림체 유언이
서쪽하늘 붉은 깃발로 펄럭일 때
토악질처럼 흥건히 적셔드는 마른기침소리

하나의
경계가 허물어지고 사라진다

겨울 호수

텅, 텅
우는 구나

이렇게 꽁꽁 얼어있었을 줄이야
온 마음 꼭꼭 닫고 숨결까지 가두어
안으로만 쟁여 놓았던 말들
저렇게 적막 했을까
조심스레 내려앉은 햇살 앞에
반짝 쪼개어지는 울음

그렇게 출렁이었으니
이제 쉬어 보고 싶기도 했을 거야
굳게 마음 닫고 누운 그대
그간 두텁지 못한 날들
이제 아무것도 갖지 않으려는 듯
움츠린 고요가 단단하다

가슴을 통째로 내어 놓은 소리
바람의 문짝을 뜯어내는 소리
2월이 절뚝이며 지나가는 소리
몸져누운 그대 앞에
휘청거리는 적막의 반쪽

방황

쑥부쟁이 오지랖 떨며 피어있는 길 위에서
길을 물었네

직진과 우회전 좌회전
표지판을 따라 가다 우뚝 서 버리네
가을 한 철이 다 지나가는 걸 보네
소나기 한 차례
그 길 다 지워지는 걸 보네
납작 엎드린 채 불러보는 나의 자장가

사는 일이 힘들 때
느닷없이 길이 되어 준 또 하나의 길
당신을 찾아가는 이 무수한 선택들 앞에서
오늘도 길을 물었네

아무도 길을 내어 주지 않은 날

속치마처럼 감추어 진 길

돌아가야 하는데
돌아 갈 길 없어
돌아가는 길에도

무말랭이처럼 길은 쭈그러져 웃고 있었네

겨울 안개

휘청
강바닥까지 내려가서 제 몸을 꺾어보는 거
보이고 싶지 않은 울음의 맨살을 더듬어
꼭꼭 박음질 하는 거

겹겹 당신을 봉합했던 오전 아홉 시의 기록에
팽팽한 균열 속으로 침몰하는 고요라고 쓴다
기록 할 수 없는 무효도 함께 적었다

칼에 벤 것도 불에 덴 것도 아닌 걸
십자가는 어디에도 없었고
당신은 태어나자 말자 늙었어야 했다고 적었다

겨울안개 속으로 무너지는 첩첩산중이다

저무는 샛강

"야야 너구리라면에 너구리 들었나?"

볼이 희고 엉덩이가 통통하지요
털빛이 반지르르한 수용성 가슴도 매력적이네요
얼큰한 너구리 가랑이 사이로
천 갈래 만 갈래 당신이 가고자 했던 길 구불거
려요

온전치 못한 인연일랑 잇몸으로 싹뚝 끊어버리
세요
맨발로 달려 나온 가난과 등을 맞대고 살아온 날들

제가 얼큰하게 풀어드릴게요

서른일곱 꽃 같은 날들 서러울 때마다
선반 칸칸이 재워둔 너구리 한 마리씩 흔들어 깨
워요

열흘 내린 장맛비에 온 몸이 퉁퉁 불어
샛강 앞에서 늙어버린 버드나무

식기 전에 드셔요
속이 확 풀릴 겁니다

끝물

집을 허문 빈터에 동생이 구덩이를 파고 호박을 심었다 빈터는 더 이상 빈터임을 거부했다 구덩이를 먹은 여름은 짙어졌고 엉금엉금 기어가는 손아귀 안으로 잊었던 길이 문을 열었다 길은 헝클어지는 듯 둥글어지고 둥글어 지는가하면 헝클어지면서 열리는 문,

할아버지가 바지에 오줌을 싸고 고모가 보따리를 싸고 동생이 책가방을 싸고 봉이 아재 연초담배를 싸는 저녁이다 호박잎쌈을 싸먹으며 켜켜히 늙어가던 달, 잡다한 것들이 싸돌아 나가던 좁은 골목이 노란 촛불로 가물거린다 늙은 달도 엉금엉금 기어가다가 멈춘다

놀란 듯 봉숭아꽃 울음으로 툭 터진 우물가로 어린손녀가 딸랑이며 부르는 노래가 여기저기 피어서 대청마루 반지르르한 얼굴로 환하다

꾸역꾸역 달을 파먹는 어머니가 서리 내리기 전
호박넝쿨 같은 손으로 노을을 꺾는다 잃어버린 번
지수를 향해 마구 고개를 쳐 드는 생존의 고갯짓,
손에서 진물이 흘러내린다

나비고무신

신발을 잃어 버렸다

왁자지껄한 식당에서 신발을 찾느라 용을 쓰다
가 잠을 깬다

너를 데리고 갔던 내가 나를 잃어버린 거다

어떤 죽음의 모서리에 이마를 찧고 일어 선 또
다른 죽음

신발을 신어야 너에게 갈 텐데 내 발이 사라져
버렸다

시퍼런 소낙비처럼 도망 가버린 신발

나비가 달린 흰 고무신

아이는 신발을 품에 안고 잠이 들었어

아버지를 잃어버린 건 신발 때문이야

무논에 들어갔다가 훌렁 빠져버린 열세 살이

꿈속을 따라 다닌다

겁이 나서 울지도 못하는 사이 해가 지고

아이는 옴짝달싹 못하고 잠이 든 게다

늘 그렇듯
꿈속은 뒤죽박죽이라 힘 빼고 녹지다가도
어느새 잃어버린 신발은 잊어버리고 살쾡이 같
은 골목길을 냅다 뛰고 있는 거야
흥건히 땀에 젖은 몸, 다시 뒤로 내빼려 하자 갑
자기 발이 옴짝달짝 하지를 않아
용을 쓰는데 용이 악이 되고 악이 울음이 되어
벌떡 눈을 떴어

아직 신발을 찾느라
아무데도 가지 못한 채
떠나야 할 아침을 놓쳐버린 저녁
방아쇠를 당기 듯 용기를 내는 일도 이젠 무디어
져 버렸다

말리꽃

어둠의 모가지 똑똑 따다가 양지바른 곳에 말린
다 당신의 목소리가 잘 마르는 가을마루로 땅 찔레
기어가는 손아귀 느린데 소나무아래 푸석해진 당
신의 머리카락은 어느새 수북해서 사방이 컴컴하
다 컴컴한 것도 뼈가 있는지 딱딱 소리를 만지는
손, 딱딱한 어둠의 변방은 수시로 바스라지고 흩어
지고 젖어드는 어느 한계의 테두리였음을,

뜬금없이 배가 고팠다 텅, 텅, 소리를 말아 먹는
일은 익숙해서 어둑하다

아버지의 이름을 적지 못 했다 공란空欄이 운동
장만해서 비만 오면 더 광활한 사막이어서 오도가
도 못 하는 걱정이어서 창문은 덜컹이는 맨발로 나
를 밟고 지나갔다 혓바늘이 돋고 콕콕 허공을 찔러
대던 말의 몸이 말려 목구멍을 틀어막는 일, 천지
강산의 어둠이 벌떡 일어서는 일 같은 건 꿈이라고

꿈뿐이지 그리고 시간이 지나면 잊어버리는 꿈인
줄,

　봉분 앞에 말리꽃, 어둠을 말리고 말리면 피어난
다나? 새 인양 푸드득 날아오를 듯 풍금소리더니,
하얀 눈물 잘박거리는 징금다리 건너로, 어이가라
어이가라 배웅처럼 흔들리는 이제는 아버지 둥근
등짝에 화인으로 눌러 앉은 하얀 어둠의 모가지여

봄의 1악장

골목 귀퉁이에 버려진 농짝 두 개
제 각 각 젖었다
며느리 먼저 보내고 기가 죽은 당춘할매 치맛단처럼
젖었다

늙은 목련나무 가뭇거리는 시선에
퉁퉁 불은 발자국 하나, 둘, 셋
꽃잎 하나, 둘, 셋
골목을 뛰쳐나오는 맨발

삐거덕대는 농짝 틈새로 꽃이 핀다

늙은 목련나무 수척해질 대로 수척해져
안간힘을 쓰며 꽃 피우는 일이
퉁퉁 불어 젖는 봄날이다

오후의 여자

여보세요 동사무손데요 조사할게 있어서요
성관계는 일주일에 몇 번이나 하세요
시도 때도 없이 한다고요
그런데 그런 것도 동사무소에서 조사하냐고요

여자의 입에서 뻐꾸기 소리가 난다

강간을 당한 아침 날씨 이야기를 태연하게 하던
그녀, 입가의 마름버짐이 까실하게 터를
　넓혀가는 중이라고 썼던 자막의 영화도 끝이 났다

여보세요 짜장면 집이죠
짜파게티는 배달 할 수 없다고요
뭐라고 재수가 없다고요

너구리가 보글보글 끓여졌나보다
　경건하게 두 손을 모은 여자의 긴 허리가 달팽이
처럼 말려져 있다

꽃등 켜는 여자

캠프워크 폭죽소리에 놀란 듯이 벚꽃 지는 저녁
은 바다의 흰 물결이 가슴으로 밀려온다 온 몸을 적
시고 그 짜디짠 바다를 마신다 웃음이 벌컥 났다 바
다의 배꼽을 막아야 할 손이 허공으로 뻗는다 딸국
질이 났다 이 저녁을 사실래요? 가두는 일이 갇히
는 일이 된다는데 폭죽소리에 흩어지는 꽃잎, 꽃잎

허공의 입안으로 떨어지는 별, 총총한 것들은 왜
멀리 있는 걸까
길 안으로 길을 구겨 넣는 손안으로 여자의 이력
이 총,총 빛난다
아무것도 아닌 것들이 더 없이 총총해서 아득한
저녁,

저녁을 내다 걸어요
반짝반짝 잘 닦아진 어둠에 얼굴을 비추는 일은
이제 익숙해서 더 이상 빛나지 않아요

가만히 들여다보면 하얗게 저물어가는 저녁이
만삭이네요
저런, 퉁퉁 부은 별빛이 당신 얼굴이었군요 어제
는 이제 없어요 남은 저녁만 저렇게 반짝일 뿐, 유
효기간만 잘 지켜주세요 꽃등처럼 매단 오늘 저녁
은 당신이 사시는 거예요?

여자가 앉아 있는 한 평 반의 평상너머로 걸어가
는 사람들의 발걸음이 총총하다
이 저녁을 사실래요?
캠프워크 폭죽소리에 놀란 듯이 벚꽃 지는 저녁
길 모서리에 여자, 꽃등 켠다

도둑의 말

　세 번을 "나는 도둑이다" 외치고 나니 정말 도둑
이 되었어요
　훔치고 싶은 말, 훔치고 싶은 겨드랑이, 훔치고
싶은 양말, 훔치고 싶은 책꽂이

　흐린 날은 맨드라미 눈물을 훔쳐요
　맨드라미 눈물은 "아프다"라는 말을 훔치지요
　당신이 걸어간 좁은 골목도 훔쳐요
　유월과 맞닿아 펄럭이던 초록 스카프도 훔쳤지요

　어제는 소낙비에 젖은 당신의 처마를 훔치면서
백합의 손가락을 생각 했어요

　백합의 손가락 하나 둘 펴지고 접힐 때마다
　온 몸이 간질거리며 돋아나는 도벽은 이제 만성
으로 가는 중이라고
　또 누군가 제 것처럼 가지러 할 테니 먼저 훔치

는 수밖에 없었다는
　변명도 함께 훔쳤지요

　날밤을 안 가리고 울어대던 고양이도 이제 내 편
이 된 건가요
　적막의 담을 넘어 당신의 경계에 머무는 일
　감옥에 갇힌 발은 수시로 간지러움을 태워요

　나는 도둑이 되어 도둑의 말을 훔치고 도둑의 신
발과 도둑의 근성을 훔쳐요
　간밤에 들리던 울음의 각도와 입을 버린 당신의
눈물도 당연 제 수중에 있다는 거

　저는 점점 큰 도둑으로 성장 중이고
　현재 지명수배 중입니다

산수유마을에 별이 내린다

산수유 마을에 가면 지상의 별들 대롱이는 나무
가 있다
어제저녁 소주에 후루룩 소리 내어 마신 돼지국
밥에 말아 먹은 국수,
국숫발 길게 말아 쥔 그녀의 슬픈 주먹이 노랗다

주먹으로 놓아버리는 순간 노란 나비 꽃이 되어
버린다
그럴리 없다는 말은 위안이 될 수 없다며
칸칸이 노란 고물을 얹으시던 할머니
뿌리는 건 언제나 경험에 의해 경건 해 질 수 밖
에 없는
아들을 보내는 마지막도 그랬었나
손가락을 움직일 때마다 노란 나비가 난다
날개와 날개가 부딪히는 순간
반짝 별이 되어 버린 겹겹의 꽃잎

산수유마을에 가면
허공에 박힌 목소리
밭두렁 논두렁 구불거리는 꽃잎의 언저리에
노란 모닥불 알알이 붉어 터지는 노랫소리 들린다
허공으로 번지는 노란 노을이 울음이 되는
울음의 본가를 거기서 본다

전갈의 집

슬레이트 집 한 쪽 다리 꺾였다는 다급한 전갈이다

집이 접혔다가 펴진다. 지붕 위 둥근 박, 간밤 무
서리에 찌그러지고 까막까치 울어댄다고 문을 닫
던 오막손은 울상이 되어 감나무 꼭대기에 걸렸다.
오이넝쿨 따라 하늘로 오르는 그믐을 엄마는 좋다
한다. 아버지가 잘려 나가고 동생이 잘려 나가고
컹컹 짖던 진순이 마저 빠져 잘려나간 텅 빈 댓돌,
댓돌 위로 한 움큼의 어둠이 빠져나가고 건재하던
것들의 건재가 빠져 나간 텅 빈 댓돌이 엄마는 왜
좋은 걸까 처마 끝에 매달린 물방울 앙팡진 가위질
에 똑똑 잘려진다 그 저녁에,

망개나무 헝클어진 울타리 애꽃은 아버지 낫질
에 잘려졌다.

손아귀 물집처럼 돋는 집의 표정

그믐 안에 갇힌 어둠에 치댄다는 건 억울하다고
하얀 색종이 덧대고 박박 풀칠을 해 본다 이제 내
가 길이 되고 길이 길을 먹는 길, 싹둑 싹둑 어둠이
잘려 나가면 집은 고단한 허리를 펼까요? 묻는다
저 고단을 건네는 다리 하나, 둘, 질겅거리며 씹히
는 독을 풀면 자를 것 다 자른 가위는 늙은 전갈이
되어 접은 몸 펼친다

  지붕을 떠받드는 대들보가 녹슨 못으로 옥죄던
한숨 내려놓고 숨 거두는 전갈인 듯 바르르 떨린다

꽃의 무게가 움푹하다

음식물쓰레기를 들고 나오는 아래층여자 치맛단
에 눈물이 치렁치렁하다 어젯밤 놓아 달라고 애걸
복걸하던 울음이 안개처럼 자욱했었는데 결국 어
린새끼들 그녀에게는 짐이었나보다 삼투압으로 올
라오는 물길이 나뭇가지사이로 치렁치렁하다

꽃들 앙탈 부리듯 한바탕 부비고 나자빠지는 봄
날이다 매화꽃 뽀지락지처럼 속닥이며 나누었던
말들, 이제는 할 말도 들을 말도 없다는 듯 버리고
돌아서는 열 개의 손가락이 꽃의 무게로 움푹하다
손가락사이를 헐렁하게 채워가는 꽃의 비린내가
역겹다고 입덧하는 여자, 그녀가 걸어가는 발자국
마다 붉은 말, 헉헉 거리는데

손을 뻗어 밀쳐내는 봄,

꽃의 무게가 움푹하다

| 3부 |

벚꽃 엔딩

나비 목걸이

서른 번째 만난 남자친구와
머리에서 뱀이 나오는 아이와
꽃잎이 불에 타는 그림이
공간속에서 걸어 나오는데

어디에도 갈 수 있는
어디에도 갈 수 없는

발,

발은 허공으로 날아다니고
꽃은 불법으로 피고

서른한 번째 만난 남자친구와
머리에 뱀이 나오는 아이와
숨바꼭질로 맺은

나비 한 마리

나는 내일 죽습니다

남도다방

귓불이 붉어지는 시간
붉어진 귓불아래 입술 불어 턴 삼월이 빨래 건조
대에 널브러지는 시간이기도 하지
헐레벌떡 뛰어가던 골목도 딱 멈추어 서서
쉬쉬 아이에게 오줌을 뉘는 시간
딱 한 시간만 차압해 달라던 전당포 김씨 살풋
오수에 떨리는,
막걸리 사발 벌컥거리다가
탁자에 탁 놓는 시간
아직 선잠 덜 깬 비비새 호락호락 날아가는
비틀거리다가 비틀거릴 것도 없는 한나절을 횔
놓쳐버리고
잠시 창문을 열어 놓은 채
눈시려보고 싶은 시간

그런 시간들 족자처럼 한 쪽 벽에 걸어두고
남도다방 뻐꾸기 울었다

노을

봐!
저게 내 심장이야
기다림의 마지막 순간
내 심장 저기에 걸어 놓았다
네 속으로 서서히 함몰되는 순간
무더기로 풀어 놓은

가장 발칙한 정사!

늦은 조문

엄지발가락이 아파서 울었습니다

사실은
덤벙덤벙 찔레꽃이 무너져서 울었습니다

펄럭이던 만장의 봄은 가고 없습니다

당신 가고 없는 샛강으로 다시 초록물 들고
나는 초록 물든 치마 입고
풀 숲 우거진 산길을 휘적휘적 걸어 올라갑니다

꽃이 피고 지는 이쪽과 저쪽 사이
때 늦은 철쭉을 등에 업은 등고선이
넙죽 안부를 전하는데
희미해진 길 저 쪽에서 당신은 함박꽃처럼 웃습
니다

당신도 발가락이 아픈 모양입니다

개똥철학

앞산순환도로입구는 비탈지다
옆 차선 힘주어 불끈 잘도 빠지는데
앞에 똥차 끙끙 시퍼렇게 뭉친 몸 용 써도
느리다

구린 것들 태운 똥차가 앞산을 달린다
이팝나무 꽃이 출렁이는 앞산순환로
잠깐 멈칫 했던 비탈길만 지나니
버리려 가는 길도 신이 나는지 잘도 달린다

우리 아버지 이레를 굶으시고도 마지막 가시는 길
끙끙 안간힘 쓰시며 똥을 누시는데
검고 딱딱한 똥이 많기도 했다
살아생전 차고 넘치던 미련을 쏟아놓으셨나
똥 싸고 가시는 얼굴이 화안하셨다

상인 백조아파트 재건축 딱지 팔고 이사하던 날

아파트 입구 은행나무 똥 냄새 진동 한다

앞집 숙이아줌마 5층에 참기름 집 할아버지, 2층 새댁이

손 흔들어 주는 뒤로 은행나무 노란 얼굴이 언제 저리도 환했을까

똥 싸고 화안하다

매미

혼절 인 듯 기절인 듯
한 남자 가슴팍에
와르르 쏟아내는 소나기

뜨겁고 애절함이란
저렇듯
울음에 울음을 보태는 거

울음으로 전하는 경전 속에
흥건히 젖어드는 몸
한여름밤이 온통 소낙비에 젖네

목련꽃

결국 네가 나를 치는구나

나는 떨어져 뒹굴었다

한껏 물오른 나뭇가지에서의 한 때를
너에게 포획당한 오늘 아침

비가 내렸다

바람풍선

　스위치를 올리는 순간 바람이 된 바람이에요
　갇히는 순간 손이 되고 몸이 되고 색깔이 되고
새가 되고 당신의 곰 인형이 되는 바람의 가두리이
기도 하지요
　그런 바람의 몸에도 뼈가 있어, 단단하고 하얀
뼈가 있어 간혹 눈물이 난다네요

　힘차게 기어오르던 담쟁이 앙칼진 목소리에 스
르르 무너지는 손아귀, 스위치 내린 듯 캄캄하게
쭈그러지는 일이야 다반사라고 입 닫고 갇히는 게
업인 걸, 두 손을 공손히 모으는 일, 어쩌다 정신줄
놓아 휘청거릴 때도 있지만 곧장 허리 세우는 일이
저의 일이라는 걸 잊지는 않았지요

　뼈가 문드러지는 당신의 몸속으로 바람이 차오
르는 날입니다

갓 돌 지난 막내를 집에 두고 문을 연 식당이 이
십년을 훌쩍 넘겼다면서 웃는다 하루도 문을 닫을
수 없었던 건 찾아 온 손님의 발걸음을 헛헛이 돌
려보낼 수 없었다고, 오래 된 간판은 주인여자의
얼굴처럼 난해한데 그녀가 들고 나는 문턱은 잘 길
들여진 습관처럼 반질반질하다 어느 한때 화사했
던 꽃무늬 벽지가 사방에 흩어져 열서너 평 그녀의
공간을 채우고 그녀의 시간은 꽃무늬 족자에 갇혀
흔들린다 바람이 지고 가는 무게조차 가늠하기 힘
든 벽 안의 벽,

벚꽃 엔딩

수은등 불빛이 환한 공원에 벚꽃, 흐드러지고

사람들 흐느적거리는 몸짓들, 슬로슬로 돌아가는 필름 같아요

앞으로 뒤로 필름 돌리는 장난꾸러기 있네요

카메라 셔터 눌리지 마세요

박히는 건 흥미가 없다잖아요

그래도 박히고 싶어 능청스레 흔들어 보이는 몸짓을 모른 체 하라구요?

노란스카프 반 쯤 풀어놓은 저 여자, 방금 앉았던 의자에 휴대폰 번호가 입력 되었네요

마흔 아홉을 보내면서도 햇살 한 번 본적 없는 듯한 얼굴이 언뜻 어느 시인의 귀때기처럼 붉잖아요 허적한 엉덩이 탈탈 털고 일어서는 저 여자 히죽이 웃는 입술에 봄, 봄이 앉았네요 오물거리는 입술사이로 오만가지 전리품이 몸살을 앓는 중,

그런가요?

빙빙, 아래로 위로 샤   샤

저 여자 찍히고 싶은 눈빛

그러나 아서라 손 젓는 거 봐

후룩 후루루 핀 벚꽃나무 아래

벙그는 몸짓,

슬로슬로 앞으로 뒤로 흔들리는 카메라 렌즈

그래도 담기는 건 거부예요

휘청거리다 발목 잡혀보는 일이 저 혼자만의 일
은 아니라는 듯

낭창낭창 휘어지는 봄의 허리가 만개하는 봄밤
이네요

봄

놓쳤다
손바닥으로 난 길속으로
사라져 버렸다

잠깐 생각 좀 해 보자는데
기다리는 건 질색이라고
벌써 가고 없었다

이파리 성성한 한나절에
그늘만 넓다

비슬산, 참꽃

봐라!

내 어디 하나 성한데 있나

애닯은 마음 펄펄 끓어
열꽃으로 타오르는 저 함성

온 몸이 불꽃같은
귀밑머리 사랑인 걸

아지랑이

시린 듯이 가려운 등짝으로
물꼬를 트는 아침

어물쩡거리다가 놓친 봄날이 돌아와
가물거리는 눈빛에 꽃물 드는가

치렁치렁한 햇살이
어머니 치맛자락을 감고 뒹구는데

글썽이는 눈물처럼 피어나는
남새밭, 아지랑이 한 무리

어부 박씨의 청춘가

등짝에 상형문자로 꿈틀거리는 바다는 박씨의 심줄 좋은 팔뚝근육과 닮았다 멸치를 걷어 올리는 팔뚝으로 갈매기 발가락이 휘휘 갈겨대는 힘찬 문자, 바다의 젖가슴과 아랫도리를 핥고도 읽혀지지 않는 저 남자의 속내는 애매모호해서 모종의 암호 같다 얼마만큼 내가 더 선명해지면 저 남자 말 같은 말, 말 같지 않은 말 품어 안을까

멸치 떼를 따라가는 다급한 어선의 말, 뱃전에 패대기치던 시퍼런 파도의 말, 살 속 잔가시로 박혀 따끔거리는 갈치의 말은 꿈틀거리는 살갗에 주름진 문서로 남은 늙은 총각 박씨의 말이다 일파만파 부서지면서도 떠날 수 없었던 바다, 쌍 팔 년도부터 하고 싶었던 박씨의 말은 깊고 깊은 해저 같이 내게 박혀서 읽혀지지 않는 고래 심줄 같다 육지가 낯설어 바다가 고향 같다는 말에 오늘도 대변항은 철썩인다

망을 잡고 멸치를 털어낸다 왼손과 오른손이 번
갈아가며 휘몰아치는 바다의 말을 전한다

바다의 말을 털어내는 육지의 밤은 어두워서 환
하다

의자가 의자에게

　쓸쓸한 의자에게 고요한 의자에게 그림자 같은 의자에게 그리움 같은 건 잊은 지 오래인 것 같은 의자에게 기억 같은 것도 모르겠다는 의자에게 쓸모없어하는 의자에게 어느 시인의 붉은 귀때기 옆에 붙은 점 같은 의자에게 누군가 중얼중얼 걸쳐놓은 언어가 껌 같이 딱딱한 의자에게 앉았다 일어서 가는 저 허질구레한 엉덩이 안쓰럽게 쳐다보는 의자에게 엉덩이 탁탁 털어내는 손 훔치고 싶어 하는 의자에게 그런 의자에게 해줄 말이 없어 고민하는 또 다른 의자가 있었습니다.

　막 제 옷을 걷어가는 저녁에…

장례식

쓸쓸함이 죽었다
주소지 라벨 속의 본거지도 함께 사망 한다
한차례 폭풍우 같았던 공간으로 발 뻗은 고요한
오후가
오후 두 시 붓꽃으로 피어오른다
떠나는 시간 위를 달리는 기차 위로 아름다운 노
을이 지는 구나
양심에 칼 같았던 말들
오롯이 너를 향한 오만불손했던 손도 버려야지
강물처럼 출렁이던 사랑도
흔들림 없었던 푸른 창틀도
손발이 꽁꽁 묶인다

염을 한다
꽁꽁 붉은 노끈으로 성호를 긋듯
열십자 너를 묶었다
하고 싶은 말이야 얼마나 많을까

꽁꽁 묶여버린 바다의 혀
공존의 명답이 죽음이라면 그 답으로 가는 길

끝끝내 버릴 수 없었던 마지막 입술 위로
풋잠이 돋는다
형장의 신도 죽고, 조용한 오후도 죽고
오래된 곁눈질
그 질펀한 침묵이
목청 좋은 곡비의 노랫가락 속에서 하관 중이다

달빛 바이러스

바람이 달빛을 걷어찼다
차인 달빛은 어떤 소리 나는 쪽으로 옮겨간다
는 거,

어느새 달빛과 그림자의 쑥덕거림으로 나무는
몸을 비틀어 속을 털었고
음주단속 호루라기를 불어대던 어둠조차도 흐느
적거리는데
공원 한 쪽으로 달빛을 걷어차던 생각의 구두들
널브러져서는,

우수수한 달빛이 공원구석에 납작 엎드린 암코
양이 겨드랑이를 슬쩍 건드린다

발을 탁탁 털던 왕 벚꽃나무 자판기 앞, 어떤 여
자 백원짜리 동전 세 개 넣고
기다리는 게 지겨웠던지 자판기 아랫도리 본다

허리를 반쯤 수그리고 멀뚱하게 쳐다보는 자판기 아랫도리,
쫄쫄 커피가 마지막을 찔끔거리는데
무슨 생각에선지 여자 허리 곧 세우고 쭈뼛 뒤부터 살핀다
암코양이 '야옹' 입술을 핥는다

몸이 달빛을 삽입하는 순간,
벗꽃 후루룩 옷 벗어 던진다

지하로 뜨는 별

지하철 문이 닫혔으니
이제 발빠짐에 주의하지 않아도 돼요

움츠린 몸으로 임산부 배려석에 앉고 싶었어요
쩍쩍 껌 씹는 소리 따라가다가
"임플란트 비싸게 할 필요 있나요"에 머무는 눈길
지하철 안 사람들의 눈길은 사선 또는 위아래로
어긋나있죠
무관심이 배려인 듯
침묵이 달려 나가는 속도 80키로로
뉴스속보가 전광판으로 달려요

"힘을 내요 미스터리"*

침묵으로 견고히 포장된 중앙로 역
콜라텍에서 만난 손여사와 박선생
"발빠짐에 주의 하세요"

깨어지는 침묵의 한마디가 견고하던 또 다른 침묵을 깨워요

컴컴한 계단들이 썰물처럼 밀려나가고
발걸음들 또 총총히 사라지고 난 역사 안
미스터리는 어둠의 어느 한 쪽에 쭈그리고 앉아
듣고 있을까요?
벌써 다음 역을 알리는 알림모드를

* 대구 지하철 화재사건을 다룬 영화제목

분실물 보관소

나는
잃어버린 옷
잃어버린 반지
잃어버린 목련꽃이다
아무도 찾지 않는 채
방치되어버린
오래된 기도
오래된 집
오래된 눈물
여기가 고향이고
이것이 밥이고
이것이 뜨거운 이웃인지 오래다

기적소리와 저물녘 속에
아직 보관 중인 나의 거처
오늘도
쿨럭이며 첫 열차가 출발하고

긴 어둠속으로 덜커덕 막차가 도착한다

누군가는
퇴근 중이고

누구를 오래 기다리는 중이다

유월의 숲

다시 시작한다고 했다
밀쳐놓았던 옷가지 개듯이 풀풀 제머리 틀어 올리고
이제 다시 한 번 붙어 보자고
아금거리는 입술

속속들이 가두어 놓았던 것들
허공을 향해 쑥쑥 손 내민다
손 내미는 자리마다 흔들리는 초록
초록을 등에 진 여자의 손은 숲의 숙주

모든 건 예정된 일이란 듯
후두둑 일어서는 저 화냥년의 치마폭
뒤엉켜 씩씩거리는 모양이
꼭 한바탕 붙어보자는 폼세다

죽음도 질주다

불법주차 해 놓은 흰색 세피아위로 능소화 떨어
졌다

덩경덩경
간밤 무슨 일 있었나요?

아홉시 방향으로 놓였던 핸들이 여섯시 방향으
로 꺾인다

푸른 바짓단이 끌고 가는 저 꺾어지는 울음
윈도부르셔가 흐느적거리며 울음의 각도를 잰다

공중부양 할 중심이 꽃처럼 펼쳐지는 에어팩

어디에도 있었고 어디에도 없었던 몸이
엑셀레이터에 얹은 발끝에서 내처 달리고
백밀러속의 풍경은 속절없이 역주행 중이다

질주하는 오토메틱

울음덩어리 우주가 급히 사라지는 중이다

비 오는 날, 찻집

풍경소리가 유난히 깊다
소리를 깨우는 찻집은 눈 내린 겨울밤 같다

고요를 흔드는 건 소리인데
소리 속에 갇힌 건 무엇일까
나무도 가만히 있었다
차를 나르는 여자도 가만히 있었다
벽도 하늘도 빗물도 그대로이다
움직임을 정지시켜 놓은 건 무엇일까
찻잔을 들어 올리던 팔이, 입이, 심장마저 사라
지고
찻잔마저 사라진 탁자 위에 달마그림 한 장

비오는 날 산사의 찻집
그냥 그림이 되고 싶은 사람들이 들어간다
풍경소리 속에서 찻잔으로 비워질 사람들

라일락

기다림에 취해
비틀거리다 피었다

그리움으로 삭혀졌던 마음 익을 대로 익어서
풍풍 제 가슴 다 드러내고
하늘거리는 젖 내음

그윽한 눈길, 담장너머

휘청,
취해서 녹아드는 저녁이
보라빛이다

| 해설 |

공존의 미학, 그 연결과 상생

이 덕 주(시인, 문학평론가)

1.

차회분은 대상과 불화의 관계를 초월하고 온몸으로 체현되는 현장의 체험을 중시하며 그 성찰의 도정에서 시를 빚어낸다. 존재의 근원을 향해 대상의 깊이에 천착하는 그의 시는 따라서 대상과 하나가 되듯 대상에 동화작용을 일으키고 내면에 축적된 상처와 상흔을 봉합하듯 순연하게 흐르게 한다. 그 경로에 시인은 고정된 틀에 얽매이지 않으면서 대상에 자신을 스며들게 한다.

대상에 합류하면서 본래적 자신의 위치를 고수

하는 시적 행위는 아마도 시인이 정결성과 숭고미를 지향하기 때문일 것이다. 그것은 대상과 교감을 통해 갈등을 극복하려는 시인의 본래적 지향이며 그 지향은 대상과의 관계에서 그만이 보여주는 사색적 통찰로 순도 높게 여과되고 연결된다. 그래서 그의 시는 섬세한 터치를 필요로 하면서도 자신이 경험한 심미적 탐색을 동반하게 한다. 그 탐색의 순간 자신에게 다가오는 시적 파동을 감지한다. 그와 동시에 시인은 그 작은 미동을 잡아채는 날렵한 솜씨를 드러낸다. 마치 파도의 잔잔한 파동인 파도의 겹쌓인 놀림마저 감지하고 흡입하는 듯하다. 그 때문인지 시인은 세밀한 무형의 변화를 자기 내부와 끊임없이 결속하고 두텁게 단장한다.

현실과 상상을 접합시키며 그 중심에 선 시인은 그 무엇도 마다하지 않는 마음으로 닥쳐진 현실을 긍정한다. 부정하면서 애써 긍정으로 선회하려는 시인은 유연한 표정으로 끝내 자신을 시에 맞게 무수히 변주시킨다. 그 빛은 잔잔하게 되비침을 반복하면서도 도저하기까지 하다. 어디 비견되지 않는 시인의 시적 대상에 대한 충만하고 지극한 연민에 기초한 사랑의 연서이기 때문이다. 또한 대상에 대한 사랑마저 초극하는 행위로 귀결시키기 때문일 것이다.

시집 『흐린 날의 고흐』, 어떤 시를 펼쳐보아도 강한 서정의 힘이 겹겹 배어있는 차회분의 시는 삭혀있는 마음의 도피처를 때로는 찾지 못한 채 행간을 떠돌기도 한다. 그 표류하는 마음의 근저에는 천성처럼 울림을 주는 시인이 감내해온 체험과 그에 따른 내면적 성찰이 아주 짙게 서려있다. 그 시적 대상에게서 그는 자신의 또 다른 모습의 무수한 자화상을 그려냈을 것이다.

차회분은 이처럼 예민한 감수성으로 시적 대상에게 분별없는 신뢰를 보낸다. 때문에 그의 시는 심층적으로 통합된 창조성을 추동한다. 그가 궁극적으로 희구하는 시적 공간도 통합과 합일과 공존의 세계일 것이다.

2.

이번 시집을 통해 차회분 시편이 보여주는 것은 자신을 지배하던 연민의 동력을 시를 통해 확인시켜 준다는 점이다. 천성적 연민에 기초하는 시인의 시편은 시적 욕구의 확산을 통해 시인이 지향하는 시적 가능성을 미학적인 독특한 음색으로 재현한다.

당신을 기다리는 시간
당신을 기다리지 않기로 했어요

목청이 큰 나무 진초록성대는
어느 날 목소리를 잃어버리지요
바람의 방향으로
천년을 오롯이 한 곳에 뿌리박고
소금알갱이 같은 별만 헤는데

말 못하는 흰 달이
말 못하는 바다를 굽어보는 시간

당신을 기다리는 시간이
흐르는 은하수와 이리저리 몸을 섞어요

직구만 던지던 투수처럼
멈출 때를 놓친 신호등처럼
당신을 기다리는 시간

당신을 기다리지 않기로 했어요
　　　—「주목이 되어」전문

　고산지대에서 생장하는 주목朱木은 '살아서 천
년, 죽어서 천년'이라고 하듯이 높은 산악지대에
내리치는 벼락을 맞아 외형적인 몸은 죽어도 뿌리
부분은 천년을 견뎌낸다고 한다. 그런 연유로 주
목은 고귀함과 동시 애상을 지닌 시적 의미를 지닌
다. 위 시에서 화자는 긍정과 부정의 언어를 기묘
하게 중첩시키고 교차시키며 자신을 주목으로 치
환한다.

　화자는 자신을 애타게 기다리게 하는 당사자인
당신에 의해 주목이 될 수밖에 없는 정황, 그 내면
의 흐름 중심에 있는 자신을 연민의 대상으로 삼아
미적으로 변주한다. 당신이 화자인 자신에게 오지
않는 잘못에 대해 세세하게 나무라지 않고 원망을
하지 않는다. 그러면서 당신이 오지 않는 원인을
오직 자신의 잘못으로 돌리려 한다. 그와 함께 시
간을 망각하며 오직 기다림에 충일한 자신을 주목
에 환치하고 비견한다.

　"당신을 기다리는 시간/ 당신을 기다리지 않기로

했어요"라며 긍정을 하는 동시 다시 부정한다. 긍정한 대상을 다시 부정하는 것은 원망과 희망이 혼재하면서도 당신에 대해 긍정으로 선회하는 마음을 드러낸다. 그 근저에는 "바람의 방향으로/ 천년을 오롯이 한 곳에 뿌리박고/ 소금알갱이 같은 별만 헤"면서 견뎌내고 있는 화자의 고통이 자리한다. 그 지극함은 "말 못하는 흰 달이/ 말 못하는 바다를 굽어보는 시간"과 다름 아니다. 때문에 "당신을 기다리는 시간이/ 흐르는 은하수와 이리저리 몸을 섞"고 있다는 고백은 일면 처연한 듯싶으면서도 그만큼 기다림이 강고함을 의미한다. 오로지 "직구만 던지던 투수" 투수가 되고 "멈출 때를 놓친 신호등"이 될 수밖에 없어서 스스로 자신에게 위안을 보내는 화자다.

서두와 반복되는 결미의 "당신을 기다리는 시간/ 당신을 기다리지 않기로 했어요"가 부정이 지극해서 그 지극함이 무상함에 이르러 절대긍정이 되는 장면을 도출시킨다. 내면의 파동을 섬세하게 묘사하면서도 일체 요동치지 않는 엄정함을 보여주고 있는 묘미가 시의 흐름 속에 은밀하게 내재되어 있다. 시인의 화자는 자신의 기다림에 대해 규정할 수 없는 마음의 파동을 지극하고 정성어린 장면으로 보여주며 자신의 기다림을 최고의 덕목으로 승화시키고 있는 것이다.

낮설다, 푸르다, 핀다, 진다, 흐느낀다, 웃는다, 바보, 천재

왼손으로 팔꿈치를 툭 쳐 본다
너에게 해야 할 말이
두부에서 짜낸 물감처럼 흘러내린다
질주하던 말은 아직 정착지를 찾지 못 하고,
더 이상 가변도로를 찾을 수 없는 사랑은
브레이크를 놓아버린 채 허공에 걸린다

고요는 거추장스러운 장애

울컥
토해져버린 물감들로 고요했던 풍경들이 갈래갈래
찢어진다
성한데 하나 없는 사람들의 아우성이 하늘에 걸리고
쩍, 쩍
서로의 몸에서 흘러내린 진액이 엉긴 채로

풀어질 시간을 기다린다

하늘과 땅 사이
분열의 밀밭 위를 까마귀떼 날고 있다
— 「흐린 날의 고흐」전문

반 고흐(1853~1890)는 세상에 존재하는 자연물을 자신을 사랑하듯이 전폭적인 조응의 눈과 동시에 전복적인 결핍의 눈을 중첩시키며 바라보던 화가였다. 생에 대한 회의감을 천성적으로 끌어안고 살 수밖에 없던 고흐는 그 때문인지 자신의 처지와 흡사하다고 여긴 주변의 농부와 공장의 직공 등 평범한 사람들에게 관심을 기울이며 그들의 초상화를 주로 그렸다. 그들에게 고흐는 동감을 보내며 자신의 또 다른 모습을 수없이 발견했을 것이다.

위 시의 발상을 제공한 〈까마귀가 나는 밀밭〉은 1890년 고흐가 자살하기 직전, 죽음을 앞두고 그린 그림 중 하나다. 일부 연구에 따르면 〈까마귀가 나는 밀밭〉은 고흐가 권총으로 자살했던 실제적인 장소라고 한다. 시인은 〈까마귀가 나는 밀밭〉을 보며 고흐의 내면세계와 동일화 작업을 통해 고흐와 화자, 자신의 내면을 묘사하려 했던 듯싶다.

시인은 배경에 민감하게 작용하는 고흐의 정신 세계의 변화에 대해 나름의 해석을 덧붙이며 고흐의 심경을 살펴나가듯이 고흐의 영혼과 화자의 영혼을 교차시킨다. 1연에서 시인의 화자는 예측불허의 고흐의 내면세계를 극단적 양상으로 대비시킨다. "낯설다, 푸르다,"를 전제한 후 "핀다, 진다, 흐느낀다, 웃는다, 바보, 천재"를 병치시키며 도식화한다. 극과 극으로 양변에 치우치기를 반복하며 천변만화하는 고흐의 정신세계를, 그림에 대한 유효한 묘사로 재현시키고 있는 것이다.

2연에서 화자는 1연의 경도된 여러 가지 현상에 대해 구체적으로 언술한다. "아직 정착지를 찾지 못 하고,/ 더 이상 가변도로를 찾을 수 없는 사랑"처럼 화자는 고흐의 지향을 질주하는 사랑으로 표현한다. "브레이크를 놓아버린 채 허공에 걸"려 있다고 '사랑'을 닿지 않는 공간에 있음을 강조한다. 화자가 볼 때 "고요는 거추장스러운 장애"일 뿐이다. 그만큼 화자는 죽음을 앞둔 고흐의 절박한 절망감에 대해 독자적인 해석을 내린다.

〈까마귀가 나는 밀밭〉에 대한 화자의 "토해져버

린 물감들로 고요했던 풍경들이 갈래갈래 찢어진"
배경에 "성한데 하나 없는 사람들의 아우성이 하늘
에 걸"려 있음을 표방하는 이유는 그만큼 극적인
정신적 세계를 표현하려는 화자의 심적 발로다. 대
상들을 적극 수용하려는 의지로 구현된 의식의 흐
름을 세세하게 그려내려 한다. 하지만 화자는 끝내
"서로의 몸에서 흘러내린 진액이 엉긴 채로/ 풀어
질 시간을 기다린다"고 나름의 긍정적 해석을 곁들
인다. "하늘과 땅 사이/ 분열의 밀밭 위를 까마귀
떼 날고 있"는 〈까마귀가 나는 밀밭〉이라는 그림의
현실을 도외시하지 못한 채, 화자의 지향은 '흐린
날의 고흐'를 닮아 끝내 긍정과 부정을 교차시키는
것이다.

　　붉다.

　　아우성 아우성이 토악질 되어 흥건한 저것!
　　허공을 향해 내미는 손이 붉다
　　하늘거리는 손잡아 주는 바람도 차마 붉다

　　오래 머물 생각은 애초에 없었다

서로가 서로에게 무더기 무더기로 안겨진

어느 봄날의 어수선한 관계였거나

입덧처럼 멀미를 하던 첫사랑의 기억 같은 거

차라리 한바탕 몸부림이나 쳐 보는 걸 테지

사랑도 병이라고 한번 드러누워 보는 걸 테지

눈물도 없는 하늘에다 통째로 삿대질 한번 해 보는

걸 테지

보고 놀라고 놀래라 온 몸으로 열꽃 피워 보는 걸 테지

흔들리고 흔들리다 등 돌리고 마는 날은 잊은 듯

한번은 그러고 싶었던 것처럼

황매산 등짝에 봇물 터놓고 울부짖는 봄의 낯짝

　　　　　　　　　　　—「황매산 철쭉」전문

　화자가 감각하는 황매산에서 본 철쭉에 대한 묘사는 "붉다."에 대한 명제를 앞세우고 화자의 세밀하게 변화되는 정서를 함의하며 마치 옛이야기를 자연스럽게 풀어헤치듯 진행된다. 따라서 위의 시는 화자만이 회상하며 그려낼 수 있는 '황매산 철쭉'에 대한 독자적인 시다. 화자는 "붉다."를 간직하고 있는 '황매산 철쭉'에 대한 구체적 해석을 형

상화한다. '황매산 철쭉'이 상상되는 지점에서 화자는 '황매산 철쭉'에 대한 화자의 기억과 접합된 독자적인 분석결과인 "붉다."를 2,3,4연을 통해 폭넓게 가시화한다.

2연은 "붉다."에 대한 인식을 화자는 "아우성 아우성이 토악질 되어 흥건한 저것!"이라고 변주를 한 현상 자체를 가리키듯 보여준다. 봄날 잠시 피었다가 지는 '황매산 철쭉'이 "오래 머물 생각은 애초에 없었다"고 3연에서 '황매산 철쭉'의 의지마저 대변하는 화자다. 그 화자는 "봄날의 어수선한 관계"와 "멀미를 하던 첫사랑의 기억"을 '황매산 철쭉'이 있기 때문에 동시에 존재한다고 관계의 필연성으로 연계한다. 또한 화자 자신이 시적 대상으로 삼은 하찮고 보잘 것 없는 대상에게도 자신의 모습을 발견했기에 가능했을 시적 행위라는 생각마저 들게 한다.

4연은 한 단계 더 앞서가는 "사랑도 병이라고 한번 드러누워 보는 걸 테지"를 표방하며 시적 장면을 애정의 긴밀한 관계로 격상시킨다. "통째로 삿대질 한번 해 보"고 "온 몸으로 열꽃 피워 보"기까지 이르게 하는 것이다. 그만큼 화자의 심중에서 복기를 거듭하는 대상이 된 '황매산 철쭉'은 화자에게 극적인 전변을 일으키는 열정의 화신이다. '황매산 철쭉'은 화자에게 숙명적 생멸을 각인시키며 내면의 성찰을 숙성시키는 단계로 발전한다. 그만큼「황매산 철쭉」은 자기방식의 사유와 감각적 창조성을 보여주며 시인의 본연을 순연하면서도 역동적으로 이끄는 시라고 할 수 있다.

휘청
강바닥까지 내려가서 제 몸을 꺾어보는 거
보이고 싶지 않은 울음의 맨살을 더듬어
꼭꼭 박음질 하는 거

겹겹 당신을 봉합했던 오전 아홉 시의 기록에
팽팽한 균열 속으로 침몰하는 고요라고 쓴다
기록 할 수 없는 무효도 함께 적었다

칼에 벤 것도 불에 덴 것도 아닌 걸
십자가는 어디에도 없었고
당신은 태어나자 말자 늙었어야 했다고 적었다

겨울안개 속으로 무너지는 첩첩산중이다

마음의 중심을 잡지 못하는 화자의 내면은 한마디로 규정할 수 없는 혼돈의 상태를 드러낸다. 그 또한 시적 대상이 되고 있는 '당신' 때문이다. 화자를 향한 '당신'의 태도가 명확하지 않고 모호하기 때문이다. 화자는 '당신'에 의해 휘청거리면서 '당신'으로 빚고 있는 혼란을 수습하려 한다. 혼란에 갇힌 자신을 구원하려 방법을 모색한다.

그가 선택한 방법 중 하나는 '당신'에 대한 사랑을 자신 스스로 모호하게 규정하려 한다. "겹겹 당신을 봉합했던 오전 아홉 시의 기록"에 덧붙여 "팽팽한 균열 속으로 침몰하는 고요라고" 당신을 정의하고 기록해둔다. 다시 그 기록에 덧붙여 "기록 할 수 없는 무효도 함께" 기록한다.

이처럼 '당신'에 대한 기록은 무효라고 고집하고 싶은데 도무지 지워지지 않는 자신의 심경을 주체하지 못하는 모습을 드러낸다. 이 지극한 마음을 '당신'을 통해 무화시키고 싶은 화자는 "칼에 벤 것도 불에 덴 것도 아닌" 마음으로 지금 그 무화의 마음을 다독이며 애써 지금의 시를 쓰고 있는 것이다.

하지만 그래도 위안이 되지 않자 "당신은 태어나자 말자 늙었어야 했다"고 '당신'에 대한 기록을 수정하려 한다. 그 마음은 화자의 고백 그대로 "겨울안개 속으로 무너지는 첩첩산중"에 갇혀 있는 마음뿐임을 드러낸다. 출구를 모색하려 했지만 '당신'에 대한 불가항력적 지향에 의해 출구마저 스스로 포기하는 정황을 별 수 없이 보여주는 것이다. 어디 정처를 정하지 못한 마음을 추스르며 화자가 된 시인은 자신을 "꼭꼭 박음질"하며 잠시 안돈시켜야 하는 것이다.

3.

차회분의 시는 현장감을 기초로 하는 시가 주류를 이룬다. 체험에서 자신의 모습을 확인하고 자신의 기억을 재생시키며 기억의 장면에 새로운 심미적 해석을 내린다. 물론 시적 해석에 깊은 성찰에서 오는 삶의 균형을 향한 복합적 사유가 내재되어 있는 것, 그 또한 시인에게 큰 덕목이다.

캠프워크 폭죽소리에 놀란 듯이 벚꽃 지는 저녁
은 바다의 흰 물결이 가슴으로 밀려온다 온 몸을
적시고 그 짜디짠 바다를 마신다 웃음이 벌컥 났다
바다의 배꼽을 막아야 할 손이 허공으로 뻗는다 딸
국질이 났다 이 저녁을 사실래요? 가두는 일이 갇
히는 일이 된다는데 폭죽소리에 흩어지는 꽃잎, 꽃
잎

　　허공의 입안으로 떨어지는 별, 총총한 것들은 왜 멀
리 있는 걸까
　　길 안으로 길을 구겨 넣는 손안으로 여자의 이력이
총,총 빛난다
　　아무것도 아닌 것들이 더 없이 총총해서 아득한 저녁,

　　저녁을 내다 걸어요
　　반짝반짝 잘 닦아진 어둠에 얼굴을 비추는 일은 이제
익숙해서 더 이상 빛나지 않아요
　　가만히 들여다보면 하얗게 저물어가는 저녁이 만삭
이네요
　　저런, 퉁퉁 부은 별빛이 당신 얼굴이었군요 어제는
이제 없어요 남은 저녁만 저렇게 반짝일 뿐, 유효기간만
잘 지켜주세요 꽃등처럼 매단 오늘 저녁은 당신이 사시

는 거예요?

　여자가 앉아 있는 한 평 반의 평상너머로 걸어가는
사람들의 발걸음이 총총하다
　이 저녁을 사실래요?
　캠프워크 폭죽소리에 놀란 듯이 벚꽃 지는 저녁
　길 모서리에 여자, 꽃등 켠다
　　　　　―「꽃등 켜는 여자」전문

　시인의 화자가 좇아가는 화자 내면의 흐름을 자
신이 좇아가며 이따금 화자를 선도하는 양상을 보
여준다. 화자는 '꽃등'과 자신을 내부에 병존시키
며 마치 자신을 방임하듯 환각과 환영의 세계를 내
면에 안전하게 병치시키는 일을 즐기려 한다. "바
다의 배꼽을 막아야 할 손이 허공으로 뻗는다"며
상상을 유희로 이끌면서 동시에 다층적 세계로 화
자 스스로 진입하는 것을 용인하려 한다. 그 때문
에 "가두는 일이 갇히는 일이 된다는데 폭죽소리에
흩어지는 꽃잎, 꽃"이 자신을 적극 옹호하며 전
환시키는 국면이 된다.
　어떤 위치에 있던 자신에게 한껏 심취하며 '꽃

등'을 감싸는 화자이다. "아무것도 아닌 것들이 더 없이 총총해서 아득한 저녁,"에 화자는 "아무것도 아닌 것들"을 조합하여 화자가 원하는 충만한 "더 없이 총총해서 아득한 저녁,"을 만들어 내고 있는 것이다.

비록 유한의 생명을 지니며 잠시 찬란한 풍경을 보여주는 벚꽃 피는 저녁이지만 화자가 키워내는 '꽃등'이 당신을 대신하기 때문에 "유효기간만 잘 지켜주세요 꽃등처럼 매단 오늘 저녁은 당신이 사시는 거예요?"라는 당신을 향한 간절한 호소가 당신을 지켜내려는 자신을 향한 위무가 되기도 한다. 당신 하나밖에 알 수 없기 때문에 당신 이외에 다른 방편을 부정하려는 여자, "캠프워크 폭죽소리에 놀란 듯이 벚꽃 지는 저녁"에 화자인 그는 당신을 끌어당기며 "길 모서리에 여자, 꽃등 켠다"는 지극히 안온한 대칭관계를 성립시킨다.

당신에 의해 흔들리는 삶을 살 수 밖에 없는 상황을 맞으면서 끝내 절대긍정으로 자신을 지켜내고 당신도 지켜내려는 화자의 고뇌를 탐지하게 한다. 화자의 지고지순한 사랑을 표상하는 '꽃등'이 역설적으로 빛을 내는 장면이 오히려 애처로운 장

면을 연상하게 한다. 그만큼 당신을 지향하는 화자
의 사랑은 절대적임을 추리하게 하면서도 반대급
부로 역설적 통증을 수반하게 하는 것이다.

거문고소리 솟구치는 소학산만데이가 붉게 젖었다

쟁기가 갈아엎은 머굴밭을 지나 서레가 밀고 간 웃게
문논을 지나
부엌아궁이 굴뚝을 지나 산비탈을 기어오르는
뜨겁고 질긴 함성이 마지막 경계를 넘으려나

막바지 아버지의 숨질은
누군가 떠메어 가는 한 생의 곡예다

옮겨 적지 못한 자서전의 흘림체 유언이
서쪽하늘 붉은 깃발로 펄럭일 때
토악질처럼 흥건히 적셔드는 마른기침소리

하나의
경계가 허물어지고 사라진다
　　　　　　　　—「경계에 서다」전문

차회분의 아버지는 삶과 죽음의 경계가 어떻게 진행되고 있는 것인지 자신의 죽음으로 분명하게 삶과 죽음의 경계를 시인에게 실체적으로 보여주고 인식시켜준 분이다. 시인의 화자는 생전에 아버지가 경작하던 "쟁기가 갈아엎은 머굴밭을 지나 서레가 밀고 간 웃계문논을 지나"가는 아버지의 마지막 몸체를 보며 "뜨겁고 질긴 함성이 마지막 경계를 넘"어가 다시는 그마저 볼 수 없는 아버지를 추억한다.

화자의 아버지가 살아낸 인생은 그 고난을 극복해내는 과정에서 죽음과 삶의 경계를 수도 없이 넘나들며 고난과 역경을 극복했을 것이다. 그런 아버지를 회상하며 "옮겨 적지 못한 자서전의 흘림체 유언"이 과연 무엇이었을까? 궁구해보기도 하는 화자이다. "토악질처럼 흥건히 적셔드는 마른기침소리"와 겹쳐지는 아버지의 모습을 떠올리는 화자, 아버지라는 "하나의/ 경계가 허물어지고 사라"졌음을 비로소 수용하려 한다. 그런 아버지는 화자에게 어떤 아버지로 각인되어 있을까?

우리 아버지 이레를 굶으시고도 마지막 가시는 길

끙끙 안간힘 쓰시며 똥을 누시는데
검고 딱딱한 똥이 많기도 했다
살아생전 차고 넘치던 미련을 쏟아놓으셨나
똥 싸고 가시는 얼굴이 화안하셨다
　　　　　　　　　　—「개똥철학」부분

　화자는 "살아생전 차고 넘치던 미련"을 송두리째
벗어버리기 위해 애를 쓰시던 아버지를 기억해낸
다. 그 미련은 "이레를 굶으시고도 마지막 가시는
길"에 흩뿌리고 갈 생에 대한 애착이었을 것이다.
죽음에 임했어도 삶에 대한 갈급은 못내 털어내지
못하는 게 우리들 인간의 속내다.
　위 시에서 집착이 크기 때문에 아버지는 더욱
"검고 딱딱한 똥이 많기도 했"을 것이라고 아버지
의 생을 변호하고 옹호하는 화자이다. 그런 아버지
에게 "똥 싸고 가시는 얼굴이 화안하셨다"고 절대
긍정의 눈으로 아버지를 묘사한다. 그것은 "하나
의/ 경계가 허물어지고 사라진" 것과 다름 아니다.
　시인이 끝내 탐색하는 것은 삶과 죽음의 경계가
사라지고 삶과 죽음이 하나가 된 무화의 모습이다.
화안한 표정을 짓는 아버지를 추억할 수 있다는

것, 화자가 시적 대상을 응대하는, 원융하고도 포
용의 마음이 충만했기에 가능했을 것이다.

　등짝에 상형문자로 꿈틀거리는 바다는 박씨의 심줄
좋은 팔뚝근육과 닮았다 멸치를 걷어 올리는 팔뚝으로
갈매기 발가락이 휘휘 갈겨대는 힘찬 문자, 바다의 젖가
슴과 아랫도리를 핥고도 읽혀지지 않는 저 남자의 속내
는 애매모호해서 모종의 암호 같다 얼마만큼 내가 더 선
명해지면 저 남자 말 같은 말, 말 같지 않은 말 품어 안
을까

　멸치 떼를 따라가는 다급한 어선의 말, 뱃전에 패대
기치던 시퍼런 파도의 말, 살 속 잔가시로 박혀 따끔거
리는 갈치의 말은 꿈틀거리는 살갗에 주름진 문서로 남
은 늙은 총각 박씨의 말이다 일파만파 부서지면서도 떠
날 수 없었던 바다, 쌍 팔 년도부터 하고 싶었던 박씨의
말은 깊고 깊은 해저 같이 내게 박혀서 읽혀지지 않는
고래 심줄 같다 육지가 낯설어 바다가 고향 같다는 말에
오늘도 대변항은 철썩인다

　망을 잡고 멸치를 털어낸다 왼손과 오른손이 번갈아
가며 휘몰아치는 바다의 말을 전한다

바다의 말을 털어내는 육지의 밤은 어두워서 환하다
―「어부 박씨의 청춘가」

　어부 박씨에게 바다는 삶의 현장이다. 생의 전부
가 바다인 어부 박씨에게 바다는 생명성을 담보하
는 삶 그 자체이다. 화자는 그 바다를 "등짝에 상형
문자로 꿈틀거리는" 역동성을 지닌 모습으로 "박
씨의 심줄 좋은 팔뚝근육과 닮았다"고 묘사한다.
나아가 "바다의 젖가슴과 아랫도리를 핥고도 읽혀
지지 않는 저 남자"에 대한 화자의 인식은 못내 남
성성을 극대화시키려 한다. 또한 "저 남자의 속내
는 애매모호해서 모종의 암호 같다"고 궁금증을 배
가시키며 어부 박씨에게 남자의 대한 무한한 존경
과 상징성마저 부여한다.
　화자는 박씨에게 "얼마만큼 내가 더 선명해지면
저 남자 말 같은 말, 말 같지 않은 말 품어 안을까"
의문을 던지며 긍정과 부정의 마음을 교차시킨다.
긍정과 부정 사이, 혼돈을 주는 남자 어부 박씨는
화자에게 그만큼 갈등 속에서 궁금증을 유발시키
는 특별한 존재이다.
　"멸치 떼를 따라가는 다급한 어선"과 "뱃전에 패

대기치던 시퍼런 파도"와 "살 속 잔가시로 박혀 따끔거리는 갈치"는 어부 박씨가 바다와 함께하기 때문에 맞닥뜨리는 일상이다. 매일매일 바다와 더불어 살고 있는데, 어부 박씨가 어떻게 자신의 삶이 그대로 재현되는 바다를 떠날 수 있겠는가? 바다밖에 모르는 어부 박씨에게 바다를 떠나는 일은 상상할 수 없다. 그 바다에서 어부 박씨가 오직 할 수 있는 일은 "일파만파 부서지면서도 떠날 수 없"는 것이다.

화자는 자신의 삶과 비견하며 "육지가 낯설어 바다가 고향 같다는 말"을 하는 어부 박씨를 한껏 동조하고 두둔하려 한다. 어쩌면 현실적 어려움에 처해 난국을 벗어나려는 화자가 생업에 몰입하는 어부 박씨의 일관되고 진지한 생에 대한 태도를 보며 그에 미치지 못하는 자신을 반성한 듯하다. 그러한 어부 박씨를 닮기를 강력히 희구하면서 "박씨의 말은 깊고 깊은 해저 같이 내게 박혀서 읽혀지지 않는 고래 심줄 같다"며 화자는 어부 박씨를 통해 자신을 되돌아보려 한다. 마치 어부 박씨를 경배하는 인상마저 준다.

늙은 총각 어부 박씨에게 대변항은 삶의 거처이

며 자신이 살아가야 할 이유를 생성시키는 삶의 현장이다. 당연히 생업에 종사하며 하루하루 살아가는 우리 평범한 사람들 모두에게 해당되는 절대적인 이유가 되기도 한다. 차회분의 화자는 어부 박씨의 삶의 진행과 삶을 대하는 자세를 중시하며 "바다의 말을 털어내는 육지의 밤은 어두워서 환하다"고 오직 자신의 생에 대해 최선을 다하기를 강조한다. 끝내 어부 박씨에 대해 통합적인 차원에서 역설적이면서도 긍정적 결론을 내린다.

4.

이번 차회분의 시집에 담긴 풍경들은 다양한 체험 속에서 채록된 자신의 자화상을 드러내며 자신의 비의를 자문자답하듯 조용히 펼쳐 보여준다. 행간마다 굴곡 많게 살아온 자신의 속내를 시적 은유를 통해 원형 그대로 재현하려 한다. 존재 하나하나에 대한 긍정과 함께 존재마다 총체적 시각과 심미적인 관점으로 재해석한다. 따라서 그의 시는 자신이 채집한 시적 대상들과 연대감을 깊게 조성하며 공존을 지향한다. 그의 시편들 중 스토리텔링에

접어들며 세세하게 보여주는 존재론적 성찰의 장면들이 이를 잘 증거 한다. 다시 말해서 그는 대상과 동감의식을 갖고 대상을 포용하며 겸허하게 하심下心으로 자기반성과 자기위안을 도모하고 자신만의 시에 충실하게 임했으리라 여겨진다.

차회분은 또한 사물에 대한 예민한 감각과 서정의 힘으로 시적 대상에게 관념과 개념을 배제시키며 분별없는 신뢰를 주려한다. 그의 시에서 그가 겪게 되는 모든 대상마다 그에 맞는 유효한 측은지심을 보내고 있음이 이를 반증한다. 이에 기초하여 그의 시는 대상과 합일을 이룬다. 이처럼 그는 시적 대상들에게서 자신이 그려내는 자신의 또 다른 모습을 더 많이 발견하며 발굴한 시인인 것이다. 그가 시를 통해 내리는 시적 정의도 시적 대상과 자신을 불이不二의 대상으로 여기며 공존의 미학, 그 연결과 상생을 지향하고 있음을 이번 그의 시편에 대한 평설을 하며 거듭 확인할 수 있었다.

앞으로 차회분의 시는 관념과 편견에 물들지 않으며 화합과 공존을 지향하고 시적 진화를 이룰 것이 예상된다. 그만큼 천성적 포용력이 원만하고 원융하기 때문이다. 자연의 순리에도 거스르지 않고 그가 자신의 본원을 향해 진화를 이루며 전진하는 그곳은 그만의 헤테로토피아이다. 자신의 본원인 그 지점에서 차회분의 돌올한 시적 의지가 실현되기를 기원한다.

2020년 9월 15일 초판 1쇄

지은이 | 차회분
펴낸이 | 강현국
펴낸곳 | 도서출판 시와반시

등록 | 2011년 10월 21일 (제25100-2011-000034호)
주소 | 대구광역시 수성구 지산로 14길 8, 101-2408호
대표전화 | 053)654-0027
팩스 | 053)622-0377
E-mail | khguk92@hanmail.net

ISBN 978-89-8345-092-0 03800